JN186805

歌仙　一滴の宇宙

思潮社

岡野弘彦　　三浦雅士　　長谷川櫂【捌き】

目次

歌仙　一滴の宇宙

春の雪

I

新しき
　さびしさもあり
　　春の雪

雅士

桜の木肌
　まづはつやめく
　　きのふより

乙三

けさ麗かに
富士真白
　新幹線で読む

櫂

株相場
この国をのがれ　雅

いづくに
月を見む　乙

棗(なつめ)いろづく
故郷の庭　燿

2

虫の音も
パチスロチェーンに
掻き消され　雅

三島由紀夫と交へたる
剣　乙

金つばの
うまき店あり
人形町　耀

そも馴れ染めは
髪の生え際　雅

夕顔の
咲きかたぶける
たそがれに　乙

大吟醸を

亡き友と酌む
遺品一　呵々大笑
と
月のもと

耀

馬肥ゆる日の
荒野越えゆく

雅

天高き
アッラーの神
たたへては

乙

掃除機で吸ふ
絨毯の塵

耀

雅

街川の
よどみをかざる
花筏　　乙
押すな押すなと
開帳の列　　櫂

3

風にのる
茶つみの娘らの
唄あはれ　　乙

三角関係
もつれて苦き

雅

馥郁と
男好きする

燿

腰の線
炭焼きくらす

乙

越の山姥
空青く
大樹ざわめく

雅

海の音

流されびとの
舟か
寄りくる
身の末を
すばるの星に
祈るなり

イヤフォンで聴く
秋桜（コスモス）の歌
ジョギングで
皇居一周
月のぼる

耀　乙　雅　耀

石踏みあてし
露寒き
道　　　乙

革命の
夢をなほ追ふ
歌劇場　　　雅

ドーベルマンも
老いて居眠る　　　燿

4

教会の尖塔ひかる
　丘こえて　　乙

　我もひととき
ダブリンにありき　　雅

颯爽と
新古今風修辞
　もてあそび　　耀

水無瀬の春に刀うつ君　　乙

花吹雪
まとひて歩む
遠景色
霞の奥へ
いつか帰らん

雅
櫂

花筏

I

目黒川
あかとき白し
花いかだ　　乙三

宵寝のあとの
長き朧夜　　櫂

見晴るかす
蓮華畑に人ひとり　　雅士

もぐらの孔をほじる
村の子　　乙

火の山に
太古のままの
月のぼる

耀

赤提灯に
秋の酒酌む

雅

2

岩ほどの
大舞茸を
取りつくし

乙

初孫うれし
涕でるほど　　　　耀

高速のバスに揺られて
見る写真　　　　雅

従兄の嫁になれと
せつかれ　　　　乙

好きな人ゐるといへない
朝顔市　　　　耀

口嚙みしめる
百年の孤独　　　　雅

み遷(うつ)りの
伊勢の宮居(みやゐ)を
照らす
月　　乙

爽かにそよぐ
破風(はふ)の
優曇華(うどんげ)　　櫂

天高く
海腑瞰する
鷹一羽　　雅

魚見の松に
風とよむなり　　乙

忠度（ただのり）を舞ふ
一陣の花吹雪　　耀
フランス人の
嘆声も
春　　雅

3

白鳥の
帰る日ちかき
あはれさよ　　乙
ガラスに映る
薄墨の空　　雅

もの思ひには
縁遠い
大男　耀

胸にとどかぬ
窈窕（えうてう）の妻　乙

オリオンを飾る
枝にも呼吸あり　雅

乾鰯（ほしか）ほどこす
大根畑　乙

寝業師と
ささやかれゐる
幹事長　　燿

女ざかりの記者
はぐらかし　　雅

山雀（やまがら）を
手にあそばせて
余念なき　　乙

橡（とち）の餅つく
杵やすませて　　燿

遙かなる

ニューヨークにも　　雅

月出でむ

すすき

かるかや　　乙

すべてとゝのふ

4

富士山は

裾野が大事

長々と　　櫂

曾我五郎（そがのごろう）の

物語りせむ　　雅

怨霊の
出どころもなし
ナビゲーター　乙

実証主義の春は
淋しき　燿

花一枝
亡友かざす
夢を見て　雅

胡蝶の舞の
しづまれる庭　乙

夏の彼方

I

夏の彼方へ
　流れゆく
大河かな

　　　　　　耀

天をささへよ
白百合一輪

　　　　　　雅士

　絶壁を
じわじわ攀ずる
翁ゐて
巣立ちをならふ

　　　　　　乙三

大鷲の雛　耀

朧月
濁りて重し
ビルの谷　雅

子はつぎつぎに
シャボン玉吹く　乙

2

うら若き母は
こならの木のかげに　耀

思へば遥か
制服の胸
人いとふ
心の奥は
知らざらむ

雅

乙

ふつふつと煮る
枸杞（くこ）の実の
粥

櫂

赤き飛沫
サム・フランシスの画布に
秋

雅

荒磯（ありそ）の松に
月さしのぼる　　乙

また朝が来れば
きのふの
瓦礫原　　櫂

年寄ばかり歩く冬の日　　雅

永劫の後の
弥勒（みろく）の世を頼み　　乙

甘茶の杓の
濡れて
金色　　櫂

花吹雪
大和言葉の
果つる日も　　雅

亀鳴くごとく
ひとり歌へり　　乙

3

東京はいつも曇りか
行雲流水　　雅

藍
なつかしき
浮世絵の空　　櫂

こぼれ出る
蹴出(けだ)しの色の
ほのめきて

乙

メールを送る指の
素早さ

雅

恋かしら
打算かしらと
笑ひつつ

櫂

夏の木立に
ひゞくかしは手

乙

さわさわと
緑風一瞬
吹き過ぎて　雅

切れ者にして
剃刀の異名　櫂

正成（まさしげ）の
亡きのちの世を
如何せん　乙

チャイコフスキーの
秋の歌聴く
洋梨のやうな形の　雅

けふの月　　櫂

新酒の樽の
たぽたぽと鳴る　　乙

4

チーズ切る
妻の手あはれ
　友もゐて　　雅

遅しといへど
部長昇進　　櫂

家族して
宇宙の旅に
出で立たん

乙

円窓(まるまど)に見る
日本の春

雅

ここにまた
御霊(ごりやう)のいます
花の山

燿

日ごとになごむ
うぐひすの声

乙

台風

I

台風一過
ひまはり一輪の
記憶あり　　雅士

山とよみくる
夕のひぐらし　　乙三

望月の
沖はるかまで
波白く　　櫂

たゞ見つめあふ
カフェのテーブル　雅

ひらひらと
夫婦善哉
　夏羽織　乙

声張りあげて
　うなる浄瑠璃　櫂

2

　人はみな
狂言役者の観ありて　雅

民のくらしは
いかがなりゆく　　乙

採石の
国見の丘も
砂ぼこり　　櫂

ネット時代も
虫の音ひびく　　雅

夕月夜
泥流くらき
島をてらせ　　乙

子を生ひ立てし跡も
露けし
櫂

庭に佇つ
君のうなじの
眩しくて
雅

涙ににじむ
塔の水煙
乙

天に舞ふ
迦陵頻伽（かりようびんが）の
歌きかな
櫂

俯き見れば
蝌蚪もにぎやか

雅

木のもとに
貝吹くと
花
散りかかる

乙

あすは雲居の
楤(たら)
つみにゆく

櫂

3

草深き
道に伏せたる
子らの罠

スカイツリーに
故郷を望む

雪の夜の
角巻(かくまき)の人
なつかしく

燿　雅　乙

をんなと犬の
恋がたりせむ　乙

いちめんの
菜の花ゆかし
海の接吻　雅

空の雲雀の
声めくるめく　櫂

軒下に
へちまの苗を
植ゑならべ
隠者気取つて　乙

和書を繙く（ひもとく）

雅

長き夜の明くれば
沖に蒸気船

燿

なごりさびしく帰る
踊り子

乙

電飾の
東京駅に
赤い月

雅

五十二階の
すつぽんの店

燿

4

浦島のごとく
　呆けし母を連れ　乙

紫煙愉しむ時
　あらばこそ　雅

　放蕩と放蕩の間は
家にゐて　櫂

　足裏(あうら)やさしき
れんげ田を踏む
花は白　乙

人の想ひに
紅く染(し)む

雅

お盆に一つ
残る草もち

耀

伊豆の冬

I

祝一献
波の寄る見ゆ
冬の伊豆　雅士

ようおいでなし
紅葉ちる庭　乙三

山彦の
住ふときけば
床しくて　櫂

四十雀(しじふから)鳴き

かすむ大島
　海原に

雅

十六夜（いざよひ）の月
　のぼりそめ

乙

剝けばとろりと
うるむ甘柿

櫂

2

空は紺
　スンニ岬の
風に頰

雅

沖に手向くる
法螺(ほら)の貝吹く　乙

火の山の
　怒る火柱
　　鎮(しづ)みませ　耀

指輪もつ手に
まれびとを見る　雅

出雲より
神在餅(かみありもち)のとどく
宵　乙

一つ破つて
次の縁談　耀

父母の恋物語
古事記めく　雅

三輪の裾野に
菜種刈る
姥　乙

近鉄の駅へゆく道
言問はん　耀

れんげばたけの
夕焼小焼　雅

日もすがら
花ふゞくなり
吉野山　乙

月もおぼろの
文豪の宿　櫂

3

峯越ゆる錫杖(しやくぢやう)
ひと夜

鳴りやまず
音際立てる
宇宙の静寂（しじま）

乙

よしや君
聞くや霜夜の
腹の虫

雅

ものおもふ子は
うなじさびしき

乙

新婚の
ミラノの宿で
熱を出し　　雅
やつぱり変な
昼のラザニア　　燿

馬の屁を
かぎつつのぼる
城の坂　　乙
声豊かなり
バイロイト歌手　　雅

戦争の亡霊

いまも彷徨（さまよ）へる
近江のうみにうかぶ
流燈

櫂

乙

人はみな一銀河系星月夜

雅

むささび鳴いて
秋はすさまじ

櫂

4

亡き親の
あの世の沙汰の
あはれさに　　乙

雪ふる
雪ふる
雪ふりつもる　　雅

追憶の
道たえだえに
ほそぼそと　　燿

嫁入りばなし
はづむ春畑

乙

振り向けば
花をかざして笑む
乙女

雅

卒寿ことほぎ飾る
立雛

耀

桜

I

花のなか
花咲きみちて
桜かな

櫂

幾重の山の
とほ霞むなり
ほどけゆく
記憶と

乙三

現在

おぼろ月　　雅士

汕頭（スワトウ）のレース

糸つれづれに　　櫂

をとめらの

素足をあらふ

五月浪（さつきなみ）　　乙

リゾートホテルに

声さんざめき　　雅

2

玉突きに
飽いて眠るか
海彦は
燿

伊良湖(いらこ)の島の
あまの磯笛
乙

冬　深夜
書物に辿る
椰子の道
雅

母子の寝息
すこやかにして
燿

明日はたつ
富士の裾野のかたき討ち

乙

宴の後の
紅葉酒よし
とうたらと

雅

月に浮かれて
太郎冠者

櫂

白粉花（おしろいばな）を
つつみくる闇

乙

浮き上がる
妻のうなじに
惚れ直し
雅

離れては寄る
蝶々の恋
櫂

春風に
歩み疲れて
たそがれて
雅

はなびらの湯に
心たゆたふ
乙

3

脱衣場に
形見の時計
置き忘れ
はや雪をのせ
国境の峰
行く人も
足音しのぶ
忍者道
関西本線
客まばらなり

雅
耀
乙
雅

すいみつの水
滴らせすゝる人
　　　　　　　　　　　　　　　　耀

声はなやぎて
織姫の歌
　　　　　　　　　　　　　　　　乙

哀しさを
　愛しさと書く
月今宵
　　　　　　　　　　　　　　　　雅

北も朝鮮
　南も朝鮮
帰りゆきて
　　　　　　　　　　　　　　　　耀

行き方しれぬ
友ひとり
乙

目路はるかなり
夏　日本海
雅

松のもと
岩牡蠣を焼く
煙たつ
櫂

けふも日傭(ひよう)の
石積みにゆく
乙

4

あらたふと
みどり児が笑む
この夕餉
ひそかに出家
おもふこのごろ

老いの身は
草屋の軒を
離れかね
花のたよりに

雅　　櫂　　乙

ただ涙する

蜂鳥は
　現か夢か
　朝寝して
のどかにあそぶ
南米の空

雅
耀
乙

楼蘭

I

楼蘭の
手ぶりすゞしく舞ふ
をとめ

青極まれり
草原の夏
歌うたひ

いづこの国の
俘虜（ふりょ）の列

乙三

雅士

燿

ふるさとさして
鳥わたるなり　　乙

亡き友を偲ぶか
月も
影さして　　雅

戻り鰹の漬（づけ）が
好物　　櫂

2

世をすねて
山また山に
　たづね入り　乙
信ずるところは
一点突破全面展開　雅
　初陣の
箙（えびら）にむすぶ
恋のうた　燿
熊野路かけて
　あはれ

落ちゆく　　乙

縄文の
神々は死なず
修験道　　雅

欠けて冷(すさ)まじ
朱漆(しゅうるし)の櫛(くし)　　櫂

齋宮(さいぐう)のうなじを照らす
月さやか　　乙

桃・梨・葡萄の
腐爛の時間　　雅

厳かに
大春画展
にぎはへる
蛇穴（へびあな）を出て
しのび鳴く宵

乙　　耀

億万の
命吸ひたる
花吹雪
京の土また
草萌（も）えはじむ

雅　　耀

3

焼け跡に
嫁と姑(しうと)が肥(こえ)はこぶ　　乙

今は昔の
活動写真　　雅

木漏れ日の
光うつくし
その影も　　櫂

おもひ新し
初めてのキス　　乙

愛も美も
距離あらばこそ
小夜時雨(さよしぐれ)
　　　　　　雅

アシジの丘に
眠る聖人
法王の密使
　　　　　　櫂

荒野に
のがれいで
　　　　　　乙

割られし髑髏(どくろ)に
秋風ぞ吹く
　　　　　　雅

まぼろしの
娑婆（しゃば）に
真如（しんによ）の月を見て
露の命とさとる
身のほど

耀

乙

熱心に眠る児
あはれ
いま何時？

雅

猿のお面を
見ては欲しがる

耀

4

闇匂ふ
ジャカルタ空港
　深夜便　　雅

おはるの文に
しみじみと泣く　　乙

かすてらを
ふはりふはりと
　切り分けて　　耀

雛に香らす
濃きブランディ　　雅

谷深く
散りゆく花の
うつつなき
怒濤をなして
春は行くらし

乙　　　櫂

跋

三浦雅士

1

長谷川櫂の『俳句の宇宙』、『古池に蛙は飛びこんだか』、『「奥の細道」をよむ』の三冊は、詩的なものに関心を持つものすべてに強烈な刺激を与えずにおかない三部作である。長谷川はそこで芭蕉の「古池や蛙飛こむ水の音」を取り上げ、これまでの解釈のすべてに疑義を挟んでいる。

古い池がある、蛙が飛び込む水の音がした。正岡子規から山本健吉にいたるまでそういう解釈である。長谷川はそれを否定する。まず、蛙が水に飛び込む音がした、静まり返った古い池のイメージが思い浮かんだと解したのである。敷衍すれば、蛙が水に飛び込む音は流行、古い池のイメージは不易。前者を現象、後者を本質、すなわちフェノメノンとイデアといってもいい。

長谷川の解釈に説得力があるのは、「閑さや岩にしみ入蟬の声」であれ、「暑き日を海にいれたり最上川」であれ、「荒海や佐渡によこたふ天河」であれ、『奥の細道』を代表する句がみな同型だからだ。「閑さ」「日」「天河」は永遠すなわちイデアの側に、「蟬の声」「最上川」「荒海」は現在すなわちフェノメノンの側に配される——簡単にいえば人間は「気が遠くなる瞬間」に言語の本質に推参するのだ——。芭蕉は「古池」の句で得たこの流儀を全面的に展開するために『奥の細道』の旅に出たのである。

問題はその後である。詩人は「気が遠くなる瞬間」へと往くが、しかしそこから還ってこなければならない。衣食住の衣と住は捨てても食は残る。世間は残る。それが歌仙の場であると、長谷川は解釈した。土芳の『三冊子』に倣えば、「高きに悟りて低きに還るべし」である。文学空間への往還の記録としての歌仙。長谷川によれば『奥の細道』そのものが歌仙のかたち、往還のかたちをとっているのである。

「古池」の解釈を同じくするわけではないが、長谷川と同じ視点から芭蕉に肉薄しているのが宗左近の『芭蕉のこころ』である。芭蕉にはもともと宇宙感覚があったのであり、発句の深化はその感覚こそがポエジーの核心であることを見出す過程にほかならなかった。宗は芭蕉の発句を絶賛するが、歌仙に対する評価は厳しい。連衆はすべて実生活人、芭蕉とは次元が違いすぎたというのだ。「その齟齬が『芭蕉七部集』の全巻を貫いている。芭蕉は、それをどうすることもできない。(中略)つまり、連句のなかにあらわれる芭蕉の作品は、かねてから用意していたに違いない発句をのぞいて、ほとんどが凡作の域を出ない」と断ずる。真実を衝いて小気味いい。

縁あって、その俳人・長谷川櫂と、歌人・岡野弘彦（乙三）の三人で歌仙を巻く機会を得た。宗匠（捌き手）は長谷川。折口信夫の最後の弟子・岡野の艶なる歌い振りについては贅言を要すまい。「気が遠くなる瞬間」を民俗に求めれば折口のいうマレビト（貴種流離）になる。岡野はあえていえば折口という大いなる腐植土から生まれた貴種である。

願ってもない機会であり場である。私は長谷川の「古池」論を画期的なものと見なし、新たな歌仙の試みが長谷川から出てくることを期待していた。折口ではないが、歌も句も滅びへと向かいつつあるいま、再生の契機としての歌仙を打ち出さなくてどうするか、と、長谷川に問い続けることになった。長谷川の「古池」論から推せば、歌仙こそ「気が遠くなる瞬間」を、それも共同性のうちに持たなければならないはずではないか、と。

長谷川の答えは六巻を巻いた後に出てきた。それが本書で採られている形式である。うち、「春の雪」は、従来の歌仙の形式のままで、「文學界」二〇一三年十月号に三人の座談会とともに掲載された。また、最後の巻七の「楼蘭」は本書とまったく同じかたちで「現代詩手帖」二〇一四年十一月号に掲載された。形式が内容にどう作用するか、「文學界」と「現代詩手帖」を読み比べてみるのもまた一興だろう。

句を分ち書きにして文字に高低をつけそのうえ適度に一行アキを配して音と

リズムを際立てるという形式を考案したのも長谷川ならば、実行したのも長谷川。成否の責任はすべて宗匠・長谷川にある。いわば指揮者。連衆はオーケストラである。名演奏家・岡野の傍らに、その岡野の推薦で、歌も句も作ったことのない素人の私が坐ったわけで、まさに臆面もないが、しかしその人選もまた最終的には指揮者・長谷川の責任である。素人には素人なりの価値があるということだろう。季語、花の座、月の座などの歌仙形式は基本的に守られている。初表が「1」、初裏が「2」、名残ノ表が「3」、名残ノ裏が「4」とされているのは見ての通り。

問われているのは、結局、歌仙が人の記憶に残る作品になりうるかどうかである。連衆が気づかうのはふつう前後の連なりすなわち横軸だが——宗が的確に指摘していることだがこれまでの歌仙の特徴はひたすらその演劇性（見立てすなわち前句への解釈をも作品に含ませること）にあった——、作品として問われるのはしかしじつは縦軸、すなわちどの句がどこで、他の句と緊密に繋がりながらも同時にそこから大きく離れて鋭く深く立つことができるかということにある。切断と再結合、いわば離れることによって結びつくその瞬間にある。長谷川の提唱する形式が、まさにその瞬間を意識させるものであることは指摘するまでもない。波のように上下する分ち書きは、句の流れの水平以上に垂直を強調しているのである。

長谷川に代わっていえば、これはむろん試みの端緒にすぎない。提案にすぎないということになるだろう。だが私個人としては、長谷川のこの試みを高く評価している。

2

「古池」の句をめぐる考察は、必然的に切れ字の考察に向かう。長谷川は、切断と再結合という芭蕉の手法にポエジーの始原を見出したわけだが、むろん異質なものの出会いに詩を見出したシュルレアリストにせよ、その先駆ともいうべきランボーにせよ――有名な「海に溶ける太陽」と「暑き日を海にいれたり最上川」は同型である――、同じ「永遠」を発見していたのだといっていい。長谷川の探求が注目されるのは、それが日本の詩の伝統に即してきわめて具体的だったということである。長谷川は、意味の次元においてつねに宇宙的な感覚を呼び起こさずにおかないこの切断と再結合という手法を、切れ字すなわち「切れ」という形式の問題として具体的に取り上げたのである。

芭蕉に成り代わって取り上げたといってもいい。芭蕉は、ほんとうは歌仙においてこその「切れ」味、「切断と再結合」の味を、試そうとしていたのではないか、だが、誰もそのことに気づかずに来たのではないか、ちょうど、「古池」の句の真意に誰も気づかなかったのと同じように、と、長谷川はいうのである。

歌仙の場は座談の場である。ほぼ月に一度の座談の場で、話題がしばしば岡野の師である折口信夫すなわち釋迢空に及ぶのは自然であった。私は、長谷川の考えている切れ字の問題を、迢空が句読点によって表現しようとしていたことを指摘した。

人も　馬も　道ゆきつかれ死にゝけり。　旅寝かさなるほどの　かそけさ

『海やまのあひだ』の有名な一首だが、迢空が切れの瞬間を強く意識していたことは句点の使用に明らかである。句点はここで、不易と流行、本質と現象が、切断され再結合される瞬間あるいは場を示している。静寂のなかに宇宙的な感覚がみなぎっているその静寂を、句点が象徴している。句点が、「古池や」の「や」に等しい働きを担っているのである。

岡野もまた『春のことぶれ』の分ち書きの手法に言及した。

あまりにも
　隣りしづかに　なりにけり。
畳のうへを
　わが　見つめをり

あるいは、

さゞれ波
　つばらに見ゆる　諏訪の湖。
心はつひに、
釈けがたきかも

「切れ」へのこだわり、切断と再結合へのこだわりが、迢空をして分ち書きへと進ませたことは疑いない。むろん、歌仙の場に分ち書きを導入しようとした長谷川の着想がどこから来たか、ここで探ろうとしているわけではない。私は長谷川の着想のもとを知らないし、聞いてもいない。重要なのは、この形式の射程を測ることである。

「さゞれ波／つばらに見ゆる　諏訪の湖。」と「心はつひに、／釈けがたきかも」は、極論すれば、まるっきり無関係である。あるいは正反対。前者は外へ、後者は内へ向かっている。それが、ほんらいは切断をもたらすはずの分ち書きと、さらに句点によって、逆に、強引に結合されているのである。まったく同じ趣向の現代短歌を引く。

マッチ擦るつかのま海に霧ふかし　身捨つるほどの祖国はありや

いわずと知れた寺山修司の代表歌である。この一首が、西東三鬼の「夜の湖ああ白い手に燐寸の火」や、富澤赤黄男の「一本のマッチをすれば湖は霧」などに触発されたものであることは広く知られている。寺山は他人の発句に「身捨つるほどの祖国はありや」という脇句を添えたにすぎない。だが、その付け合いによって、白い繭としてあった句が、色鮮やかな蝶、すなわち歌に脱皮したかのような印象を与えるのである。疑いなく、寺山の歌は記憶に残る。というより、忘れることができない。脳裏に刻印されることにおいて、三鬼や赤黄男の句の比ではない。とすれば、寺山はここで三鬼や赤黄男とともに、そして彼らと競い合うように、歌仙を巻いているというべきではないか。しかもその付け合いの趣向は迢空の「さゞれ波」の歌にのっとって、まさに古典的というほかないものである。寺山こそ歌仙の名手、歌仙の天才といわれるべき存在ではないか。

遠慮なく踏み込んでいってしまえば、長谷川は、歌仙がそのような場であることを芭蕉自身が望んでいたと考えている、いやほとんど確信しているのである。それこそが「古池」の句によって惹き起こされた覚醒の意味なのだ。

だが、これは、記憶に残る現代詩のすべてが行なっていることなのだ。『春のことぶれ』からさらにもう一首挙げる。

あるき来て、
道にたゝずみ
　思ふことあり。
おほきもの忘れを
しける我かも

断るまでもなく、迢空は財布や手帖を忘れたわけではない。同じ主題を歌った谷川俊太郎の詩「かなしみ」を、その名も『二十億光年の孤独』から引く。

あの青い空の波の音が聞えるあたりに
何かとんでもないおとし物を
僕はしてきてしまったらしい

透明な過去の駅で
遺失物係の前に立ったら
僕は余計に悲しくなってしまった

広大な光景とその前に佇む小さな自分が「何かとんでもないおとし物」によって結びつけられている。その切断と再結合が、それこそ「二十億光年の孤独」というほかない宇宙的感情を醸し出しているのだ。谷川は「気が遠くなる瞬間」を捉え、そこに言語の本質、言語の謎が潜むことを示唆している。沼空も同じだ。時代が違うだけである。この呼応こそ連句の核心になければならないものなのである。

萩原朔太郎の『月に吠える』から「蛙の死」を引く。分ち書きと句読点の妙を味わうべき詩である。

蛙が殺された、
子供がまるくなつて手をあげた、
みんないつしよに、
かわゆらしい、
血だらけの手をあげた、
月が出た、
丘の上に人が立つてゐる。
帽子の下に顔がある。

句点は「丘の上に人が立つてゐる。」ではじめて登場する。したがって、ここまでが一区切り、いわば一句である。それに対する付け合いが「帽子の下に顔がある。」という一行である。帽子の下に顔があるということは、この帽子をかぶった人物を俯瞰しているということだが、この俯瞰によって、その直前までは下から上を仰ぎ見るかたち、すなわち仰瞰するかたちで描かれていたことに逆に気づかされる。つまり、この最後の一行で下からの視線が上からの視線に変わっているのである。カメラの位置が瞬間的に大きく移動する。恐怖にも似た衝撃はその一種異様な浮遊感、無重力感から来る。衝撃は帽子の下の謎の顔の、その謎を深めて静止する。「気が遠くなる瞬間」を従来とはまったく異なる手法で捉えているのだ。

これも切断と再結合のひとつの例である。詩は切断する。再結合しなければならないのは読者であり、再結合した瞬間、宇宙的な時空が一挙に広がる。作者でもあり読者でもある連衆——先の句を解釈して自分の句を読まなければならない——の一人ひとりがその切断と再結合を担って、歌仙は成立する。歌仙はほんらいそういうものでなければならないと、長谷川は主張しているのだといっていい。

3

形式について一通り述べた。内容についてはどうか。

たとえば、巻七の「楼蘭」について。楼蘭すなわち中央ユーラシアは遊牧民とりわけ騎馬民族の発祥の地——少なくとも発展の地——であり、騎馬民族的な舞踊の発祥の地である。私の考えではバレエの祖形はここにある。岡野の句は、自身の滞在体験を核としながらも、その背景に井上靖や司馬遼太郎らによって描かれてきた中央ユーラシアの歴史を置くことによって深みを帯びている。以下、日本の古典のみならず、柳田国男、折口信夫、五来重らの著作、吉本隆明、セズネック、吉岡実、梶井基次郎、エリオット、ロレンスといった人々の評論、詩、小説などが連衆によって次々に連想されてゆく。つまり切断され再結合されてゆく。

具体例をいくつか挙げる。

「2」の第一句と第二句の展開すなわち「世をすねて山また山にたづね入り信ずるところは一点突破全面展開」の「一点突破全面展開」は、孫子に由来し毛沢東に採用されたという戦略だが、より以上に一九六〇年代の新左翼のほとんど合言葉となった語である。したがってここでは、山また山に入ったのは新左翼のゲリラだったという解釈で句が繋がれているわけだが、さらに吉本隆明の詩「廃人の歌」(『転位のための十篇』)の有名な一節「ぼくが真実を口にすると　ほとんど全世界を凍らせるだらうといふ妄想によつて　ぼくは廃人であるさうだ」が連想されている。一語によって世界を転倒させることができるとする吉本の信念に「一点突破全面展開」の思想を見て取ることができる、それこそ吉本が新左翼に決定的な影響を与えた理由なのだ、とする考え方がこの連想の背後にはあるわけだが、その考え方の是非はさておき、この語が一時代の雰囲気をよく醸し出すものとして選ばれていることはいうまでもない。

同じく、第七と第八の展開「齋宮のうなじを照らす月さやか　桃・梨・葡萄の腐爛の時間」の背後に、吉岡実の詩「静物」（『静物』冒頭）があることは、現代詩の熱心な読者にはほとんどあからさまに思えるほどだろう。念のため前半を引いておく。

夜の器の硬い面の内で
あざやかさを増してくる
秋のくだもの
りんごや梨やぶどうの類
それぞれは
かさなったままの姿勢で
眠りへ
ひとつの諧調へ
大いなる音楽へと沿うてゆく
めいめいの最も深いところへ至り

核はおもむろによこたわる
そのまわりを
めぐる豊かな腐爛の時間

月に照らされた「齋宮のうなじ」の白さが、白磁を思わせ、さらにその高貴な女体が秋のくだものを思わせ、成熟してゆく処女の「豊かな腐爛の時間」を思わせる。吉岡の詩が連想されたのは、それが清潔なエロスを漂わせているからである。吉岡がここで女体を感じさせようとしていたことは疑いないと私には思われる。西洋美術史における裸体と静物の関係には熟考を誘う何かがあるのであり、吉岡が立っていたのはそういう場だった。

同じく第十一と第十二の展開「憶万の命吸ひたる花吹雪　京の土また草萌えはじむ」の背後に、これはもうあまりにも有名な梶井基次郎の短篇――むしろ散文詩――「桜の樹の下には」の冒頭の一行「桜の樹の下には屍体が埋まつてゐる！」があることはいうまでもないが、同時に、「京の土また草萌えはじむ」の背後に、さらに有名なエリオットの『荒地』冒頭の詩「死者の埋葬」が潜むこともいうまでもない。出だしの四行を深瀬基寛の訳で引く。

四月はいちばん無情な月
死んだ土地からライラックを育てあげ
記憶と欲望を混ぜあわし
精のない草木の根本を春の雨で掻きおこす。

これらの連想すなわち植物を生育させる土壌としての動物の屍体という連想が、五来重の修験道をめぐるさまざまな著作――修験道は縄文に遡る――を、キリスト教美術の背後にそれ以前のゲルマンの神々の姿が揺曳することを論じたセズネックの美術論『神々は死なず――ルネサンス芸術における異教神』と重ね合わせることから生まれた「2」の第五句から第六句への展開「縄文の神々は死なず修験道　欠けて冷まじ朱漆の櫛」――朱漆は縄文に遡る――を、いま一度、思い起させるかたちになっているのは、連衆のひとりとしてじつに興味深い。神道の神すなわち弥生の神、稲作の神だったのではない。

文学にのみ限らない。「3」の第一句「焼け跡に嫁と姑が肥はこぶ」から第四句「おもひ新し初めてのキス」へといたる展開の背後には、一九五〇年封切の日本映画、今井正監督作品『また逢う日まで』の、一世を風靡した久我美子と岡田英次の「ガラス越しのキス・シーン」が揺曳している。というか、第二句「今は昔の活動写真」がそれをほとんど予告しているのである。岡野にとってはまさに同時代体験だったわけだが、付言すれば、久我美子は折口信夫のお気に入りの女優だったという。

「楼蘭」のなかのいくつかの例を挙げたが、同じことはほかのすべての巻にいえるのであって、背景となっている古今東西の典拠を巻一から巻七までいちいち並べてゆけば膨大なものになるだろう。短詩形文学が連想の富を最大限に生かす、すなわち参照されるべき典拠を増やす方向に向かうのは、必然である。文字数が決められている以上、それ以外に内容を豊かにする道はない。だが、考えてみれば、それこそ文学の常態なのである。

むろん、ここで『歌仙　一滴の宇宙』の一行一行に注を付そうなどとは思わない。ただ、発句、連句において、読まれる内容が時代とともに変化してきたことについては注意を促しておきたい。発句においては一般に、元禄では風景が、天明では人事が、明治では事物の写生が主題になってきたとされる。一昔前ならば、客観、主観、客観的主観といったたぐいの理屈が付されるようなところだろう。だが、無念というべきか、一望するに、現在の俳句は何を読むべきかという問いの前にただ立ち竦んでいるだけに思われる。

他方、連句においては、宗左近ふうにいえば要するに連句が要求する芝居気なるもののせいで、今昔変わりなく、ほとんど人事だけが主題になってきたのである。宗匠たちが連衆の俗に媚びてきたといってもいい。だが、長谷川の見解を支持するとすれば、連句は芭蕉の発句のほうのたたずまいにこそ立ち返るべきなのだ。歌仙の場は、句の切断と再結合によって、詩的感動を立ち上がらせる場であるべきなのである。これは、外面観察と内面観察を、切断と再結合という手法で直接的に衝突させるということである。歌仙をも含む連句に大なり小なり思想——内面観察——が要求される理由である。

「西行の和歌における、宗祇の連歌における、雪舟の絵における、利休が茶における、その貫道する物は一なり」と断言したのは芭蕉自身である。『笈の小文』におけるこの断言の背後に禅の思想を見ることはたやすい。西行、宗祇、雪舟、利休を結ぶのは禅である。たとえば鈴木大拙や井筒俊彦は、芭蕉の切断と再結合の手法に禅の手法と同じものを見ている。彼らによれば、不易と流行、本質と現象、イデアとフェノメノンの瞬間的な合体によってもたらされる詩的感動は、禅の悟りと違ったものではない。

むろん、詩人俳人歌人はすべからく禅を学ぶべしなどと述べているのではない。重要なのは、芭蕉の発句、芭蕉の連句の背後に、透徹した言語哲学があるということである。人間は「気が遠くなる瞬間」を通して言語の本質に推参するのだが、それは文学の本質であるだけではない、それ以上に、思想の、宗教の本質なのだ。芭蕉が、いかなるかたち――たとえば幻住派――であれ、禅を深く学んでいた、いや身に着けていたことは疑いないと思われる。

その背景を考えるには、不易流行に即して、元禄の昔も平成の今もたいして違っていないと見なすのがいい。宋代文化がまず禅のかたちで日本に浸透し、その流行に鋭敏だった定家の歌がやがて達磨歌と評されるようになった当時の雰囲気は、つねに欧米の思想や文化の影響下にあった近代日本の雰囲気とそれほど違ったものではない。同じように、芭蕉もまた外国文化の影響下にあったと見るべきである。

官僚化する幕藩体制のもと朱子学が日本の支配階級を席巻するのは元禄である。中国宋代において、禅と朱子学が惹きあいながらも反発する双子の思想であったことは指摘するまでもない。『のざらし紀行』の「三つ計なる捨子の哀げに泣有」の一段、すなわち「猿を聞く人捨子に秋の風いかに」の句を含む一段が書かれ流布されたのが、生類憐みの令で有名な儒学好きの将軍・綱吉の治世下であったことは興味が深い。生類憐みの令はもちろん捨子の禁止をも含んでいた。「捨子」の句は二重三重に思想的なのである。この句は疑いなく政治的にも挑発的だが、その挑発をなしうるほど、芭蕉の身に禅は沁み込んでいたのだというべきである。

西行、定家から芭蕉にいたる外国思想の典型が禅であったとすれば、近代日本とりわけ第二次大戦後の日本におけるその対応物はマルクス主義、実存主義、構造主義、ディコンストラクショニズムといったところだろう。それに文学、美術、音楽の流行変遷、自然科学の驚異的発展が、思想の外縁として加えられる。連句の主題に、こういったものが取り上げられていいのだといえば、おそらく衒学的に響くだろうが、しかしそれこそ芭蕉の流儀なのだ。「猿を聞く人」でただちに杜甫の詩「秋興八首」第二の第三行「聴猿実下三声涙」を連想する人間が多かったとは思えない。俳句は大衆的になったが、芭蕉が大衆的であったことは一度もなかった。むしろ、だからこそ大衆的になったのだという逆説を考えるべきなのだ。

禅がひとつの言語哲学としてあったことは芭蕉にとって幸いだったが、ハイデガーの実存主義もデリダのディコンストラクショニズムも究極的には言語哲学というほかないものである。そういう意味では、芭蕉の時代も現代も似たようなものだ。まさに不易流行であって、担い手は変わっても思想の骨子は変わらない。

岡野も長谷川も、日本の歌壇、俳壇に直接的な影響力を持つ歌人、俳人である。勢い、私の歌壇批判、俳壇批判も激しくならざるをえない。二人が、形式、内容いずれにおいても、その批判に真剣に応じたことはいうまでもない。『歌仙　一滴の宇宙』に思想的な要素が多少なりとも濃いとすればそのせいである。だが、それこそ歌仙が広く深く普及するための要件であると、私には思われる。歌仙は「気が遠くなる瞬間」を必ず含んでいなければならない。そしてそれをもたらすための切断と再結合には、身に染みた思想すなわち死生観が要求されるのである。

4

先に、機縁があって連衆になったと述べたが、その機縁について最後に簡単にふれておく。

詩誌「ユリイカ」一九七四年十二月臨時増刊号「現代詩の実験1974」に、「年忘レ三吟歌仙雙」と銘打たれた安東次男、丸谷才一、大岡信三人による二つの歌仙「鳥の道の巻」、「だらだら坂の巻」が掲載されている。当時、「ユリイカ」の編集をしていたのは私だった。安東、丸谷、大岡の三人は一九七〇年前後から頻繁に歌仙を巻いていた。その成果をぜひ「ユリイカ」の作品特集号に掲載したい、ついては東京・御茶ノ水の「山の上ホテル」で歌仙の興行をしていただけないかと提案したのである。それにしてもあれから四十年の歳月が流れたと思えば、いまや感無量である。

三人はその後も、石川淳、井上ひさしら、同好者を客に歌仙を巻き、その成果を世に問うている。やがて、安東が亡くなって、その欠を岡野弘彦が埋め、岡野、丸谷、大岡の三人の歌仙が、同好の士の飢えを癒した。大岡が病に倒れた後の欠を埋めたのが長谷川櫂。丸谷が晩年、岡野、長谷川との歌仙の場を、精神の平衡を保つためのまたとない機会として愛したことは、遺されたエッセイからもよく窺うことができる。

一九七〇年前後から続いている歌仙の会である。由緒ある場といわなければならない。宗匠は初め安東がつとめ、代わって大岡が、さらに長谷川がつとめることになった。

二〇一二年十一月、丸谷才一が逝って、ほどなくして私に声がかかった。長谷川が岡野の推薦だといって連絡してきたのである。驚いたが、しかし、一九七〇年代、おそらく最初に安東、丸谷、大岡の歌仙を活字にしたのは、当時「ユリイカ」の編集を担当していた私だったのだから、まんざら縁がないともいえない。こうして、岡野、長谷川、そして私の三人で歌仙を巻くことになった。場所は、東京・赤坂の蕎麦屋「三平」。「三平」は丸谷の命名である。「三平」が開店してからは、丸谷、大岡、岡野の代も、丸谷、岡野、長谷川の代も、そして岡野、長谷川、三浦の代も、この店を使うことにしている。いつしか「三平の会」と呼び慣わすようになった。

思えば、安東、丸谷、大岡の三人が、時を経てそのつど入れ替わり、岡野、長谷川、三浦の三人になった、つまり連衆の全員が入れ替わることになったわけで、これまた感無量である。巻一「春の雪」の発句、「新しきさびしさもあり春の雪」のその寂しさは、丸谷を失った寂しさである。とりわけ「春の雪」の巻には丸谷を偲ぶ句がちりばめられている。

岡野弘彦とともに私も支えることになったこの長谷川櫂の新しい試み、『歌仙 一滴の宇宙』が、広く世に受け容れられることを願っている。

『歌仙　一滴の宇宙』　メモ

春の雪——三浦雅士を連衆に迎へて丸谷才一（玩亭）追悼

二〇一三年二月 - 四月　東京赤坂・三平

花筏　四月 - 五月　東京赤坂・三平

夏の彼方　六月 - 七月　東京赤坂・三平

台風　九月 - 二〇一四年二月　東京赤坂・三平

伊豆の冬——伊豆高原・乙三邸

二〇一三年十一月　伊豆高原・乙三邸

十二月　東京赤坂・三平

桜——乙三先生、卒寿の賀

二〇一四年二月 - 六月　東京赤坂・三平

一部ファクシミリ

楼蘭　七月 - 九月　東京赤坂・三平

一部ファクシミリ

岡野弘彦（おかの・ひろひこ）
一九二四年、三重県生まれ。歌人。主な歌集に『冬の家族』『滄浪歌』『海のまほろば』『天の鶴群』『バグダッド燃ゆ』『美しく愛しき日本』など、評論集に『折口信夫の晩年』『折口信夫伝』など。

三浦雅士（みうら・まさし）
一九四六年、青森県生まれ。文芸評論家。主な著書に『私という現象』『主体の変容』『メランコリーの水脈』『小説という植民地』『身体の零度』『青春の終焉』『出生の秘密』など。

長谷川櫂（はせがわ・かい）
一九五四年、熊本県生まれ。俳人。主な句集に『古志』『蓬萊』『虚空』『初雁』『吉野』など、評論集に『俳句の宇宙』『古池に蛙は跳びこんだか』『「奥の細道」をよむ』など。

歌仙　一滴の宇宙

著　者　岡野弘彦　三浦雅士　長谷川櫂

装　幀　中島　浩

発行者　小田久郎

発行所　株式会社思潮社

一六二－〇八四二　東京都新宿区市谷砂土原町三－十五

電　話　〇三－三二六七－八一五三（営業）八一四一（編集）

ＦＡＸ　〇三－三二六七－八一四二

発行日　二〇一五年二月十一日